¡Qué nervios!

El primer día de escuela

ini **Charlesbridge**

¡Qué nervios!

El primer día de escuela

Julie Danneberg

ilustrado por Judy Love

traducción de Teresa Mlawer

A Jack y Buddie
—J. D.

Para Matthew, a quien nunca "le traicionan los nervios",
y que tan gentilmente posó para mí. Con amor
—J. L.

© 2006 by Charlesbridge Publishing. Translated by Teresa Mlawer.
Text copyright © 2000 by Julie Danneberg
Illustrations copyright © 2000 by Judy Love

Published by Charlesbridge
85 Main Street
Watertown, MA 02472
(617) 926-0329
www.charlesbridge.com

Library of Congress Cataloging-in-Publication Data
Danneberg, Julie, 1958–
[First day jitters. Spanish]
¡Qué nervios! : el primer día de [sic] escuela / Julie Danneberg ;
ilustrado por Judy Love ; traducción de Teresa Mlawer.
p. cm.
Summary: Sarah is afraid to start at a new school,
but both she and the reader are in for a surprise when she gets to her class.
ISBN-13: 978-1-58089-147-9; ISBN-10: 1-58089-147-0 (reinforced for library use)
ISBN-13: 978-1-58089-126-4; ISBN-10: 1-58089-126-8 (softcover)
[1. First day of school—Fiction. 2. Schools—Fiction. 3.Teachers—Fiction.
4. Spanish language materials.] I. Love, Judith DuFour, ill. II. Mlawer, Teresa. III. Title.
PZ73.D364 2006
[E]—dc22   2005013202

Printed in China
(hc) 10 9 8 7 6 5 4 3 2 1
(sc) 10 9 8 7 6 5 4 3 2 1

Illustrations done in ink and watercolors on 100% Rag Strathmore Bristol Vellum
Display type and text type set in Disney Print, Mistral, and Electra
Separated and manufactured by Regent Publishing Services
Book production and design by *The Kids at Our House*
Production supervision by Brian G. Walker

—Sarah, querida, es hora de levantarse —dijo el
señor Hartwell, asomando la cabeza por la puerta
del dormitorio. ¡No querrás perderte el primer día
de clase en tu nueva escuela!

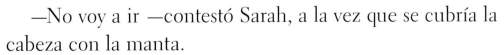

—No voy a ir —contestó Sarah, a la vez que se cubría la cabeza con la manta.

—¡Cariño, cómo no vas a ir! —respondió el señor Hartwell mientras se dirigía a la ventana para abrir la cortina.

—No, no voy a ir. No quiero
empezar otra vez. Odio la
nueva escuela —dijo Sarah,
acurrucándose a los pies
de la cama.

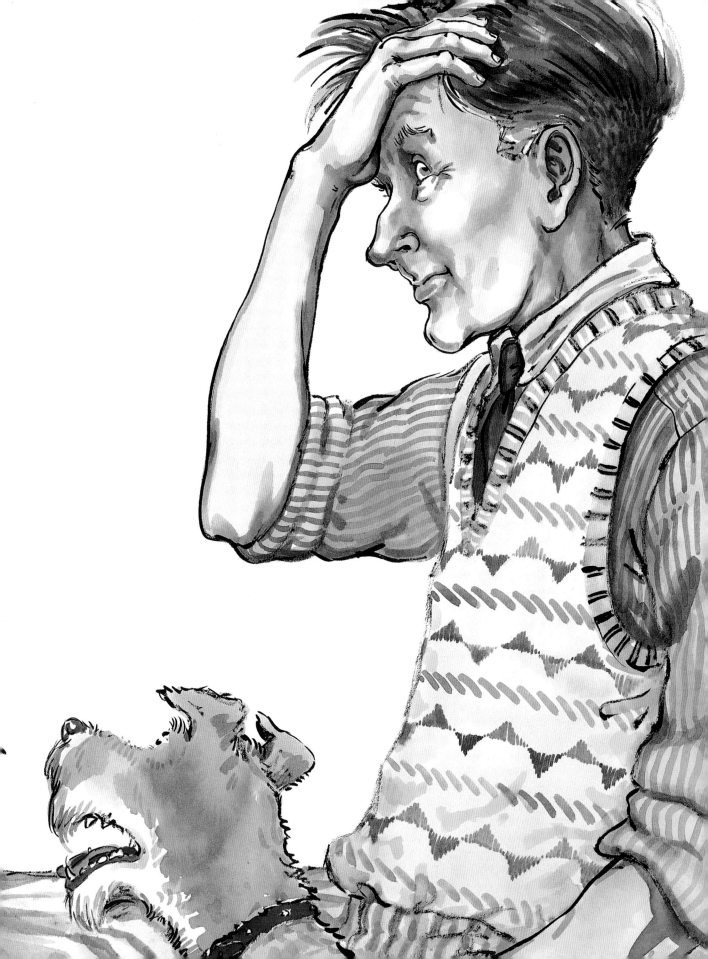

—Amor mío, ¿cómo puedes odiar la escuela si nunca has estado allí? —añadió el señor Hartwell tratando de no reírse—. No te preocupes. Te gustará tanto como la anterior. Piensa además en todos los amigos que harás.

—Ese precisamente es el problema. Como no conozco a nadie, será muy difícil. . . ¡Odio la nueva escuela y punto!

—¿Qué pensarán si no vas? ¡Te esperan!

—Pensarán que qué suerte tengo y desearán haberse quedado en casa, en la cama, como yo.

El señor Hartwell suspiró y dijo: —Sarah Jane Hartwell, se acabó el jueguecito. Basta ya. Te espero abajo en cinco minutos.

Sarah salió de la cama y entró en el baño a trompicones.

Se vistió torpemente.

—Me duele la cabeza —se quejó al entrar en la cocina.

El señor Hartwell le ofreció una tostada y le entregó la maletita que contenía el almuerzo.

Se dirigieron al auto. Sarah tenía las manos frías y húmedas.

El auto arrancó.
Sarah no podía respirar.

Por fin habían llegado.

—Me siento mal —susurró.

—Tonterías —dijo el señor Hartwell—. Tan pronto empieces, te encantará la escuela. Mira, allí está la directora, la señora Burton.

Sarah se agachó en el asiento para que no la viera.

—¡Sarah! —llamó la señora Burton, acercándose
al auto—. Ven, quiero enseñarte el aula.

La señora Burton guió a Sarah por los pasillos llenos de niños.

—No te preocupes. Todo el mundo está nervioso el primer día —le dijo por encima del hombro. Sarah trataba de no perderla de vista.

Cuando por fin
llegaron a la clase,
casi todos los niños ya
ocupaban sus asientos.

Al escuchar la voz de la señora Burton,
los alumnos levantaron la vista.

Y en el momento en que se hizo el silencio absoluto, la directora llevó a Sarah al frente del aula y dijo: —Ahora quiero que conozcan a. . .

. . .la nueva maestra, la señora Sarah Jane Hartwell.